ALEKSANDR PUŠKIN
Das einsame Häuschen auf der BASILIUS-Insel

Eine Novelle. Aus dem Russischen übertragen und mit einer Nachbemerkung von Peter Urban.

FRIEDENAUER PRESSE Berlin

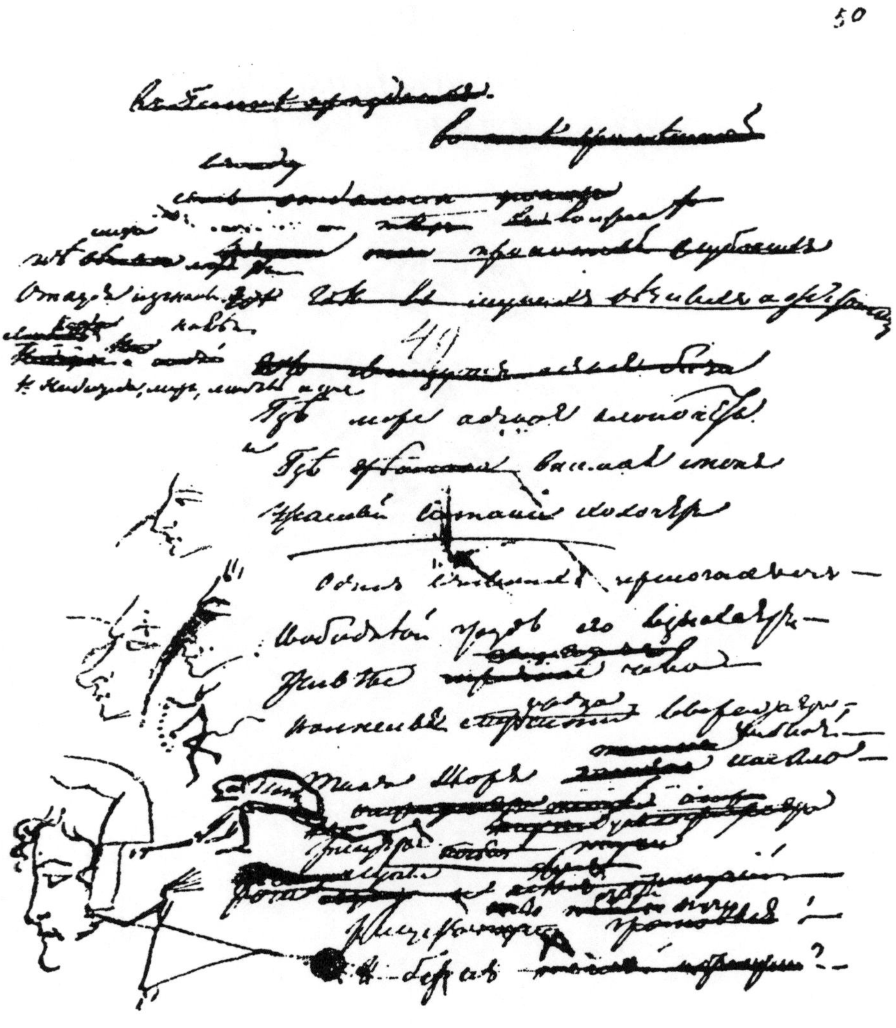

Aleksandr Puškin, Seite aus dem Notizbuch mit dem Gedichtfragment »Gehenna feiert . . .« (siehe Seite 28)

Wer je einmal rund um die ganze Basilius-Insel gewandert ist, der hat ohne Zweifel bemerkt, wie wenig sich deren verschiedene Seiten ähneln. Nehmen Sie das Südufer, das von einer üppigen Reihe riesenhafter Bauwerke aus Stein bestanden ist, und die Nordseite, die auf die Petersinsel blickt und sich als langgezogene Landzunge bis an die verschlafenen Wasser der Bucht erstreckt. Je näher man diesem Ende kommt, desto seltener werden Häuser aus Stein, an ihre Stelle treten Hütten aus Holz; zwischen diesen Hütten lugt Ödland hervor; schließlich hört jegliches Bauwerk auf, und Sie folgen einer Reihe weitläufiger Gemüsegärten, an die linkerhand spärliches Gehölz grenzt; diese führt Sie bis zur letzten Anhöhe, die von ein, zwei armseligen Häusern und einigen Bäumen geziert wird; ein Graben, von hohen Brennesseln und Disteln bewachsen, trennt die Anhöhe von dem Erdwall, der als Schutz vor Überschwemmungen dient; dahinter strecken sich Wiesen, morastig wie Sumpf, die den Meeresstrand bilden. Sind diese öden Gestade schon im Sommer traurig, wieviel mehr sind sie es erst im Winter, wenn die Wiesen, das Meer und der Kiefernwald, der die gegenüberliegenden Ufer der Petersinsel beschattet, – wenn alles unter grauen Schneewächten begraben liegt, wie unter einem Grabhügel.

Vor einigen Jahrzehnten, als dieser Teil der Vorstadt noch weiter ablag, lebte in einem niedrigen, aber reinlichen Holzhaus nahe der besagten Anhöhe eine alte Frau, Witwe eines Beamten, der in – ich weiß nicht mehr, welchem – Kollegium gedient hatte. Nachdem er den Dienst quittiert, hatte er dieses Häuschen samt einem Gemüsegarten gekauft in der Absicht, ein wenig Landwirtschaft zu betreiben; der Tod indes verhinderte die Ausführung seiner weiteren Pläne; die Witwe sah sich alsbald gezwungen, alles bis auf das Häuschen zu verkaufen und von der kleinen Hinterlassenschaft zu leben, die durch das unschuldige, bisweilen vielleicht auch sündige Treiben des Verstorbenen zusammengekommen war. Ihre gesamte Familie bestand aus einer Tochter und einer hochbetagten Dienerin, die als Zofe und Köchin zugleich bei ihr in Diensten stand. Fernab der Welt führte sie ein stilles Leben, das bei all seiner Eintönigkeit glücklich erscheinen mochte. An Feiertagen Kirchgang; an Werktagen frühmorgens bei der Arbeit; nach dem Essen strickt die Mutter an ihrem Strumpf, die junge Vera liest ihr aus den Menäen und anderen heiligen Büchern vor oder legt mit ihr gemeinsam die Karten – ein Zeitvertreib, der unter Frauen auch heute noch im Schwange ist. Vera hatte längst das Alter erreicht, in dem junge

Mädchen, wie der Volksmund sagt, daran denken, unter die Haube zu kommen; doch Hauptzug ihres Wesens war die kindliche Reinheit des Herzens; sie liebte die Mutter, liebte aus Gewohnheit ihre alltäglichen Verrichtungen und hegte, mit der Gegenwart zufrieden, hinsichtlich der Zukunft in ihrem Innern keine finsteren Ahnungen. Die alte Mutter dachte anders: bekümmert besann sie sich ein ums andere Mal auf ihr vorgerücktes Alter, verzweifelt blickte sie auf die voll erblühte Schönheit ihrer zwanzigjährigen Tochter, die in der armseligen Abgeschiedenheit nicht hoffen konnte, je einen Beschützer und Gatten zu finden. All dies versetzte sie so manches Mal in Trauer und ließ sie insgeheim weinen; mit anderen alten Frauen pflegte sie, ich weiß nicht warum, nur höchst ungern Umgang, weshalb diese wiederum auch ihr nicht allzu gewogen waren; sie erzählten, sie habe mit ihrem Manne aufs Ende zu ein schlechtes Leben geführt, ein verdächtiger Freund sei oft gekommen, um sie zu trösten; ihr Mann sei eines plötzlichen Todes gestorben und – weiß Gott, was üble Nachrede nicht noch alles erfindet.

Die Einsamkeit, in der Vera mit ihrer Mutter lebte, wurde bisweilen aufgehellt durch die Besuche eines jungen, recht entfernten Verwandten, der einige Jahre zuvor aus seinem Dorf gekommen war, um in Petersburg in Dienst zu treten. Nennen wir ihn Pavel. Pavel nannte Vera seine kleine Schwester, liebte sie, wie jeder junge Mann ein wohlansehnliches, liebreizendes Mädchen liebt, war ihrer Mutter gefällig, in deren Augen er, wie man so sagt, als Anwärter galt. Doch an eine Verbindung mit ihm war nicht zu denken: er konnte die Familie auf der Basilius-Insel nämlich nicht oft besuchen. Zwar hinderten ihn daran weder der Dienst noch Geschäfte: das eine wie das andere betrieb er höchst nachlässig; sein Leben bestand nahezu ununterbrochen aus Mußestunden. Pavel gehörte zu jenen vernunftbegabten jungen Männern, die Überfluß an zwei Dingen nicht ausstehen können: an Zeit und an Geld. Und wie es so Sitte ist, suchte und fand er bald hilfreiche Freunde, die ihn dieser völlig überflüssigen Bürden nur zu gern entledigten und ihm, auf seine Kosten, halfen, die Zeit totzuschlagen. Kartenspiel, fröhliche Zusammenkünfte, nächtliche Spazierfahrten – alles ward zu Hilfe gerufen; und Pavel war unter den Sterblichen der Glücklichsten einer, denn er bemerkte nicht einmal, wie Tag für Tag und Monat für Monat verstrichen. Selbstverständlich ging es auch nicht ohne Unannehmlichkeiten ab: mal herrschte Leere im Portemonnaie, mal regte sich im Innern das Gewissen, sei es als Reue oder als düstere Ahnung. Um an dieser neuen Bürde leichter zu tragen, hielt er zunächst an der Gewohnheit fest, Vera zu besuchen. Aber wie hätte er sich ohne Skrupel vergleichen können mit diesem unschuldigen und tugendhaften Mädchen?

Also mußte nach einem anderen Ausweg gesucht werden. Und er hatte ihn bald gefunden in einem Kumpan seiner nächtlichen Lustbarkeiten, den er sich zum Freunde machte. Dieser Freund, den Pavel unter dem Vornamen Varfolomej kannte, stiftete ihn oft zu Streichen an, die dem einfältigen Pavel von selbst nie in den Sinn gekommen wären; dafür verstand es dieser auch immer, gefährliche Folgen von ihm abzuwenden; das erste und unumstrittene Recht Varfolomejs auf den Titel eines Freundes aber bestand darin, daß er unseren Jüngling bei Bedarf mit einer Sache versah, deren Überfluß beschwerlich, deren Mangel jedoch weit beschwerlicher ist – nämlich mit Geld. Er besorgte Geld mit derart leichter Hand und rasch und unter allen Umständen, daß Pavel in diesem Punkt manch seltsamer Verdacht beschlich; mehrmals beschloß er sogar, dieses Geheimnis auszuforschen und Varfolomej selbst zu befragen; doch sobald er auch sein Verhör beginnen wollte, entwaffnete ihn jener mit nur einem Blick. Zudem dachte Pavel: »Was geht es mich an, wie er das Geld beschafft? Bin doch nicht ich es, der für ihn nach Sibirien geht . . . oder in die Hölle!« – setzte er heimlich, unhörbar für sein Gewissen, hinzu. Außerdem verfügte Varfolomej über die Kunst zu überzeugen wie über die Kraft zu gefallen, wiewohl sich in seinen unvermittelten Ausbrüchen nicht selten Hartherzigkeit zeigte. Ich vergaß hinzuzufügen, daß er nie in einer rechtgläubigen Kirche gesehen wurde; doch war auch Pavel nicht sonderlich fromm; und Varfolomej hatte mehr als einmal gesagt, er gehöre unserem Glaubensbekenntnis nicht an. Kurzum, unser Jüngling ergab sich schließlich ganz dem Einfluß des von ihm gewählten Freundes.

Eines Sonntags, nach einer in Lustbarkeiten verlorenen Nacht, erwachte Pavel spät vormittags. Reue und Zweifel hatten ihn lange nicht mehr so gequält. Sein erster Gedanke war, in die Kirche zu gehen, in der er lange, lange nicht mehr gewesen war. Ein Blick auf die Uhr jedoch belehrte ihn, daß er die Messe verschlafen hatte. Die helle Sonne strahlte hoch vom heißen sommerlichen Firmament. Unwillkürlich dachte er an die Basilius-Insel. »Wie bin ich schuldig vor der Alten, – sagte er zu sich selbst, – ich war das letzte Mal bei ihr, da war der Schnee noch nicht getaut. Wie schön wäre es jetzt in dem einsamen Bauernhaus. Die liebe Vera! sie liebt mich, vielleicht betrübt es sie, mich so lange nicht gesehen zu haben, vielleicht . . . « Er dachte nach und beschloß, den Tag auf der Insel zu verbringen. Doch kaum hatte er, angekleidet, den Hof verlassen, als ihm, wer weiß woher, Varfolomej entgegenkam. Pavel war die Begegnung unangenehm; aber es gab kein Zurück.

– Ich will zu dir, Freund! – rief Varfolomej ihm schon von weitem zu; – ich wollte dich dorthin mitnehmen, wo wir vorgestern waren.

– Ich habe heute keine Zeit, – gab Pavel spröde zur Antwort.

– Wie reizend, keine Zeit! Du willst mir doch nicht weismachen, du hättest zu tun? Unsinn! gehn wir.

– Ich sage dir, ich habe keine Zeit; ich muß eine Verwandte besuchen, – sagte Pavel, indem er seine Hand der kalten Hand Varfolomejs entzog.

– Ja! ja! die hatte ich ja ganz vergessen, deine Hexe von der Basilius-Insel. Dabei weiß ich von dir, daß dein Schwesterlein ziemlich hübsch sein soll; sag mir bitte, wie alt ist sie?

– Woher soll ich das wissen? ich habe sie nicht zur Taufe getragen!

– Ich habe, seit ich denken kann, noch niemanden zur Taufe getragen, und trotzdem kann ich das Alter aller meiner Bekannten der Reihe nach hersagen, deins wie das von allen meinen Kumpanen.

– Um so besser für dich, aber . . .

– Aber darum geht es nicht, – unterbrach ihn Varfolomej, – ich habe schon immer mal dorthin gewollt, mit deiner Hilfe. Das Wetter heute ist wunderbar; ich würde gern spazierenfahren. Nimm mich mit.

– Nein, wirklich, ich kann nicht, – antwortete Pavel mißvergnügt, – man mag dort keine Fremden. Leb wohl, ich habe keine Zeit zu verlieren.

– Hör zu, Pavel, – sagte Varfolomej, ihn erzürnt mit der Hand aufhaltend, und warf ihm jenen Blick zu, der auf den schwachen Jüngling eine unfehlbare Wirkung ausübte. – Ich kenne dich nicht wieder. Gestern noch bist du gehüpft wie eine Elster, und heute bläst du dich auf wie ein Truthahn. Was soll das bedeuten? Ich habe dich überallhin mitgenommen – aus Freundschaft; deshalb kann ich von dir dasselbe verlangen.

– So! – antwortete Pavel verstört, – aber ich kann das heute nicht erfüllen, weil . . . weil ich weiß, daß es für dich dort sehr langweilig wird.

– Leere Ausflüchte; wenn ich dahin will, wird es auch nicht langweilig. Nimm mich mit, unbedingt. Sonst bist du mein Freund nicht mehr.

Pavel war in großer Verlegenheit; schließlich faßte er sich ein Herz und sagte:

– Hör zu, du bist mein Freund! aber in Fällen wie diesem, weiß ich, ist dir nichts heilig. Vera ist ein gutes Mädchen, untadelig wie ein Engel, aber von schlichtem Gemüt. Gibst du mir dein Ehrenwort, daß du nicht deine Netze auswirfst über ihre Unschuld?

– Sieh einer den Buhler als Anwalt, – unterbrach Varfolomej mit einem satanischen Lachen. – Es gibt, mein Freund, auch ohne sie genügend schlechte Mädchen in der Stadt. Was soll das Gerede? Mein Ehrenwort gebe ich dir nicht: du mußt mir glauben oder dich mit mir überwerfen. Nimm mich mit oder – gib mir die Linke.

Der junge Mann blickte in das angsteinflößende Gesicht Varfolomejs, besann sich, daß sowohl seine Ehre als auch sein gesamtes Vermögen in der Hand dieses Menschen lagen und daß Streit mit ihm seinen Untergang bedeuten würde; sein Herz erbebte; er brachte noch einige Einwände vor – und willigte ein.

Die Alte war Pavel von ganzem Herzen dankbar für die neue Bekanntschaft; der gesetzte, sorgsam gekleidete Freund gefiel ihr über die Maßen; sie sah in ihm, ganz nach ihrer Gewohnheit, einen geeigneten Bräutigam für ihre Vera. Der Eindruck, den Varfolomej auf letztere machte, war weniger vorteilhaft: sie beantwortete seine Verbeugung mit einem scheuen Gruß, und ihre lebhaften Wangen bedeckten sich sogleich mit Blässe. Varfolomejs Züge waren Vera bekannt. Zweimal, beim Verlassen des Gotteshauses, hatte sie, erfüllt von Demut und frommen Gefühlen, ihn an einer steinernen Säule im Kirchhof stehen und einen Blick auf sie richten sehen, der alle frommen Gedanken mit einem Mal abgeschnitten und, wie eine Wunde, in ihrer Seele eine Narbe hinterlassen hatte. Doch nicht die Macht der Liebe war es, mit der dieser Blick das arme Mädchen gefesselt hätte, es war eine ihr selbst unerklärliche Angst. Varfolomej war von stattlichem Wuchs, hatte ein regelmäßiges Gesicht; doch dieses Gesicht gab nicht, wie der Spiegel, die Seele wieder, vielmehr verbarg es, gleich einer Maske, deren ganze Bewegung; und auf seiner dem Scheine nach ruhigen Stirn hätte Gall untrüglich das Organ der Hoffart erkannt, des Lasters der Verworfenen.

Übrigens gelang es Vera, ihre Verlegenheit zu verbergen, und kaum jemand hätte sie bemerkt, außer Varfolomej. Er begann ein allgemeines Gespräch und war liebenswürdiger, geistreicher denn je. Die Stunden verflogen unbemerkt; nach dem Essen wurde ein gemeinsamer Spaziergang ans Meer vorgeschlagen, wonach alle ins Haus zurückkehrten und die Alte sich an ihre abendliche Lieblingsbeschäftigung begab – ans Kartenlegen. Aber so sehr sie sich auch mühte, just an diesem Abend wollte nichts aufgehen. Varfolomej trat zu ihr und ließ seinen Freund in der anderen Ecke des Raums im Gespräch mit Vera zurück. Da er der Alten den Ärger ansah, bemerkte er, daß mit ihrer Art, Karten zu legen, die Zukunft nicht zu erfahren sei, daß die Karten vielmehr, so wie sie eben lägen, die Vergangenheit anzeigten. »Ach mein Lieber! ich sehe, Sie sind ja ein Meister; erklären Sie mir, was zeigen sie denn?« – fragte die Alte mit einem Anflug von Mißtrauen. – »Nun, Folgendes« – antwortete er, zog einen Sessel heran und sprach lange und leise. Was er ihr gesagt hat? Weiß Gott, doch es endete damit, daß sie von ihm geheimste Einzelheiten vom Leben und Dahinscheiden ihres verstorbenen Lebensgefährten zu hören bekam, die nur Gott und ihr allein bekannt sein konnten. Der kalte Schweiß trat in die Runzeln ihres Gesichts, die grauen Haare standen ihr unter dem Häubchen zu Berge; zitternd schlug sie das Kreuz. Varfolomej verließ sie eilig; mit der früheren Ungezwungenheit mischte er sich in das Gespräch der Jugend, und gewiß hätte die Plauderei bis Mitternacht gewährt, hätten es unsere Gäste nicht plötzlich eilig gehabt bei der Vorstellung, daß bald die Brücken aufgezogen und sie dann unter freiem Himmel würden übernachten müssen.

Wir wollen nicht die vielen anderen Begegnungen beschreiben, die unsere Freunde den Sommer über gemeinsam auf der Basilius-Insel hatten. Es genügt zu wissen, daß es Varfolomej im Verlauf dieser Zeit mehr und mehr gelang, sich ins Vertrauen der Witwe zu stehlen; die gutmütige Vera, gewohnt, den Gefühlen ihrer Mutter blind zu trauen, vergaß allmählich den unangenehmen Eindruck, den der Unbekannte anfangs auf sie gemacht hatte, wohingegen Pavel Gegenstand ihrer unverhohlenen Bevorzugung blieb, und um die Wahrheit zu sagen, hierfür gab es Gründe: die häufigen Begegnungen mit der jungen Verwandten übten auf den Jüngling einen überaus vorteilhaften Einfluß aus; er begann, sich fleißiger dem Dienst zu widmen, mied die zahlreichen liederlichen Bekanntschaften, mit einem Wort, er hatte plötzlich den Wunsch, ein anständiger Mensch zu werden; andererseits erlag sein sorgloses Gemüt der Gewöhnung, und zuweilen schien ihm, als könne er mit einer Ehefrau wie Vera glücklich werden.

Daß dieses reizende Mädchen ihn seinem Freunde vorzog, hätte, so schien es, den unbändigen Stolz Varfolomejs kränken müssen; doch er äußerte nicht nur kein Mißfallen, sondern verkehrte mit Pavel nur um so freundschaftlicher und zärtlicher; Pavel, der ihm mit aufrichtiger Freundschaft zurückzahlte, hatte sämtliche Zweifel an Varfolomejs Absichten in den Wind geschlagen, beherzigte jeden seiner Ratschläge, vertraute ihm jedes Geheimnis seines Herzens. Einmal kam beider Rede auf die gegenseitigen Vorzüge und Schwächen – was in einer Unterhaltung von Freunden unter vier Augen durchaus üblich ist. »Du weißt, ich liebe keine Schmeichelei, – sagte Varfolomej, – aber ich sage dir offen, mein Lieber, daß ich an dir in jüngster Zeit eine sehr vorteilhafte Veränderung bemerke; und nicht nur ich, viele sagen, du wärst in den letzten sechs Monaten mehr gereift als andere in sechs Jahren. Dir fehlt nur noch eines: Lebensart. Spotte nicht über dieses Wort: ich war selbst nie ein Freund der großen Welt, ich weiß, sie ist nichtig, eine Null; aber diese Null verzehnfacht den Wert der Eins. Ich ahne, was du einwenden willst: du trägst dich mit dem Gedanken, Vera zu heiraten« . . . (bei diesen Worten hielt Varfolomej, gleichsam gedankenverloren, einen Augenblick inne) . . . »du trägst dich mit dem Gedanken, sie zu heiraten, – fuhr er fort, – und willst von nichts anderem mehr wissen als vom Familienglück und der Liebe deiner künftigen Gattin. Das ist es ja: ihr jungen Leute stellt euch vor – einmal geheiratet, und der Ball sei zu Ende; dabei fängt er dann erst an. Merk dir, was ich sage – hast du ein Jahr mit deiner Frau verbracht, fallen dir die Menschen wieder ein; doch dann wird es weit schwieriger, Aufnahme in die Gesellschaft zu finden. Und du bist auf die Menschen angewiesen, als Familienvater schon gar: ohne Protektion erreichst du bei uns nichts, nicht einmal Gerechtigkeit. Mag sein, noch schreckt dich der klangvolle Name: die große Welt! Aber keine Sorge: sie ist ein Zirkuspferd; es ist ganz friedfertig, erscheint aber gefährlich, weil es seine Gewohnheiten hat, denen man sich anpassen muß. Doch was soll ich lange Worte verlieren? Überzeuge dich von ihrer Richtigkeit lieber durch eigene Anschauung. Übermorgen ist eine Soiree bei der Gräfin I . . . Du hast Gelegenheit, daran teilzunehmen. Ich war gestern bei ihr, wir sprachen über dich, und sie sagte, sie wünsche deine unschätzbare Person kennenzulernen.«

Diese Worte, die, gleich Gift, die Kraft besaßen, das Innerste nach außen zu kehren, verkehrten alle früheren Pläne und Wünsche des Jünglings in ihr Gegenteil; er, der sich noch nie in der großen Welt bewegt hatte, beschloß, sich in diesen Wirbel zu stürzen, und am festgesetzten Abend sah man ihn bereits im Salon der Gräfin. Ihr Haus stand in einer wenig belebten Straße und stellte äußerlich nichts Besonderes dar; innen dagegen – die luxuriöseste Einrichtung, Illumination. Varfolomej hatte Pavel im voraus gewarnt, auf den ersten Blick werde ihm manches merkwürdig erscheinen: die Gräfin sei nämlich erst vor kurzem aus fremden Landen eingetroffen, sie lebe nach dortigen Sitten und empfange bei sich nur eine kleine Gesellschaft, dafür aber die beste der Stadt. Die Freunde trafen einige ältere Leute an, die durch hohe Perücken auffielen, durch Pluderhosen von unermeßlicher Weite, und die den ganzen Abend die Handschuhe nicht ablegten. Dies entsprach nicht ganz der damaligen Mode der mittleren Petersburger Gesellschaft, die Pavel kannte, und er kannte sonst nichts, – aber Pavel hatte die feste Absicht, sich über nichts zu wundern, und wann hätte er solche Lappalien auch bemerken sollen? Seine ganze Aufmerksamkeit galt der Gastgeberin. Denken Sie sich eine gutaussehende Frau in der üppigen Blüte der Jugend, ausgestattet mit sämtlichen Reizen, mit denen Natur und Kunst das weibliche Geschlecht zum Verderben der Nachfahren Adams zu zieren wissen, bedenken Sie weiter, daß sie ihren Mann verloren hatte und sich im Umgang mit Männern jene Kühnheiten herausnehmen durfte, die besonders den Unerfahrenen gefangennehmen. Wie hätte, angesichts solcher Versuchungen, das jungfräuliche Bild Veras im Herzen des wankelmütigen Pavel seinen Platz behaupten können? Von Leidenschaft entflammt, versuchte er alles, das

Wohlgefallen der Schönen zu erringen, und nach mehrmaligen Besuchen bemerkte er, daß diese gegenüber seinen Bemühungen nicht gleichgültig war. Welch Entdeckung für unseren Heißsporn! Pavel verlor den Erdboden unter den Füßen, er träumte bereits ... Doch da geschah etwas Unangenehmes, das all seine erhabenen Luftschlösser in sich zusammenstürzen ließ. Einmal, auf einer recht vielköpfigen Gesellschaft bei der Gräfin, sah er, daß sie sich beiseite leise mit einem Manne unterhielt; angemerkt werden muß, daß sich dieser Prachtmensch viel auf seine hünenhafte Gestalt zugutehielt und daß er, allen Bemühungen zum Trotz, dennoch einen körperlichen Makel nicht verbergen konnte, für den ihm Pavel und Varfolomej, hinter seinem Rücken, den Beinamen Hinkebein verliehen hatten; Neugierde, Eifersucht ließen Pavel nähertreten, und er meinte zu hören, wie der Mann seinen Namen nannte, über seine schlechte französische Aussprache witzelte und wie die Gräfin darauf mit spöttischen Bemerkungen zu replizieren geruhte. Unser Jüngling wurde wütend, wollte sofort dazwischenfahren und den Spötter bestrafen, beherrschte sich aber bei dem Gedanken, daß ihn dies nur neuerlichem – und diesmal dem allgemeinen – Gespött preisgeben würde. Er verließ die Gesellschaft unverzüglich, ohne ein Wort zu sagen, und schwor sich, die Gräfin nie wiederzusehen.

Im Innersten aufgewühlt, dachte er wieder an die von ihm so lange im Stich gelassene Vera, so wie der Sünder mitten im Abgrund des Lasters an den Weg der Rettung denkt. Doch dieses Mal fand er an der Seite des lieben Mädchens nicht den erhofften Trost; Varfolomej herrschte als Herr im Hause, und ihn, der ihn nur wenige Monate zuvor hier eingeführt hatte, empfing er als Außenstehenden, als Gast. Die Alte war krank, und zwar ernstlich. Vera befand sich in schrecklicher Sorge und Aufregung; Pavel empfing sie ungewohnt kühl und widmete sich ihm nur, soweit es der Anstand unbedingt erforderte, unterdessen bereitete sie Arzneien zu, lief nach der Dienerin, sah nach der Kranken, und oft bat sie hierbei Varfolomej um Hilfe. All das war selbstverständlich merkwürdig und ärgerte Pavel, über den nun, wie über den armen Makar, ein Mißgeschick nach dem anderen hereinbrach. Schon wollte er auf eine Aussprache dringen, scheute aber davor zurück, die kranke alte Frau und Vera, die durch die Krankheit der Mutter ohnehin in Aufregung war, noch mehr zu beunruhigen. So blieb ihm nur das eine Mittel, – sich mit Varfolomej auszusprechen. Nachdem er dies beschlossen, verabschiedete sich Pavel, Kopfschmerzen vorschützend, kurz nach dem Essen und fuhr, von niemandem zurückgehalten, nach Hause, nicht ohne Varfolomej mit einiger Schroffheit bedeutet zu haben, daß er ihn am darauffolgenden Morgen zu sehen wünschte.

Um sich den Zustand vorzustellen, in dem der unglückliche Pavel am anderen

Tag seinen ehemaligen Freund und nunmehrigen Nebenbuhler erwartete, muß man all die verschiedenen Leidenschaften kennen, die seine Seele zu der Zeit bestürmten und, Raubvögeln gleich, ihr Opfer schier zerreißen wollten. Er hatte sich geschworen, die Gräfin für immer zu vergessen, indessen loderte in seinem Herzen die Liebe zu der Verräterin; seine Zuneigung zu Vera war weniger flammend; doch er liebte sie wie ein Bruder, ihre gute Meinung war ihm teuer, und diese hielt er auf lange Zeit, wenn nicht auf ewig, für verloren. Und wer war schuld an all dem Übel? Der listige Varfolomej, der Mensch, den er einst seinen Freund genannt und der ihn, wie er meinte, in seinem Vertrauen so grausam betrogen hatte. Mit welcher Ungeduld erwartete Pavel ihn bei sich, mit welchem Ärger blickte er auf die Straße hinab, auf der derselbe Schneesturm wütete wie in seinem Herzen! »Der Strolch, – dachte er, – nützt das Unwetter aus, um sich meiner gerechten Rache zu entziehen; er nimmt mir die letzte Freude – ihm ins schamlose Gesicht zu sagen, wie sehr ich ihn hasse!«

Doch im Augenblick, als Pavel die Zweifel quälten, öffnete sich die Tür, und herein trat Varfolomej mit derselben marmornen Ruhe, mit der das Standbild des Comturs bei Don Juan zum Nachtmahl erscheint. Alsbald jedoch nahm sein Gesicht einen menschlicheren Ausdruck an; er trat auf Pavel zu und sagte zu ihm im Tone teilnahmsvollen Wohlwollens: »Du siehst dir selbst nicht ähnlich, mein Freund; was ist der Grund für deinen Kummer? Öffne mir dein Herz.«

– Ich bin nicht dein Freund! – rief Pavel und fuhr vor ihm wie vor der bösen Schlange zurück in die andere Ecke des Zimmers; an allen Gliedern bebend, mit Augen, die von Blut und Tränen unterlaufen waren, sprach sich der Jüngling überhastet alle Gefühle von seiner womöglich zu Unrecht erzürnten Seele.

Varfolomej hörte ihn mit beleidigender Gleichmut an und sagte darauf:

– Deine Rede ist dreist und hätte Strafe verdient; aber ich verzeihe dir: du bist jung und weißt den Wert der Worte und der Menschen noch nicht zu ermessen. So hast du früher nie mit mir gesprochen, als du den Hals kaum aus der Schlinge hättest retten können, wenn ich dir nicht geholfen hätte. Aber das ist alles vergessen, nur weil der kühle Empfang des Mädchens deine eitle kleine Seele gereizt hat. Monatelang geruht er fernzubleiben und heckt wer weiß mit wem wer weiß was für Pläne aus, aber wehe, ich gehe meiner eigenen Wege. Nein, mein Herr; ich werde auch in Zukunft zu der Alten fahren, und sei es nur, um dich zu ärgern. Aber ich habe auch andere Gründe, die ich nicht für mich behalten will – so wisse denn, Vera ist in mich verliebt.

– Du lügst, Schuft! – schrie Pavel außer sich vor Wut, – wie kann ein Engel den Teufel lieben?

– Es sei dir verziehen, daß du mir nicht glaubst, – antwortete Varfolomej mit spöttischem Lächeln, – die Natur hat es mit mir weniger gut gemeint als mit dir; dafür bestrickst du ja auch Damen von Adel, und zwar auf immer und ewig, unverbrüchlich.

Diesen Spott vermochte Pavel um so weniger zu ertragen, als er Varfolomej längst der Mitschuld an seinem Zerwürfnis mit der Gräfin in Verdacht hatte. Zornentbrannt stürzte er sich auf den Nebenbuhler, wollte ihn auf der Stelle umbringen; doch da verspürte er einen Schlag unterhalb der Herzgrube; ihm stockte der Atem, und der Schlag beförderte ihn für einen Augenblick, ohne Schmerzen zu erzeugen, in tiefe Ohnmacht. Wieder zu sich gekommen, fand er sich an der Wand gegenüber, die Tür war verschlossen, Varfolomej verschwunden, und in gleichsam schlaftrunkenem Dämmerzustand erinnerte er sich Varfolomejs letzter Worte: »Vorsicht, junger Mann, du hast dich *nicht mit deinesgleichen* eingelassen.«

Pavel zitterte vor Entsetzen und vor Zorn; tausend Gedanken schossen ihm durch den Kopf. Mal beschloß er, Varfolomej aufzustöbern, und sei es am Ende der Welt, um ihm den Schädel zu zertrümmern; mal wollte er zu der Alten gehen, um ihr und Vera sämtliche Taten und Untaten des Verräters zu entdecken; dann wieder entsann er sich der bezaubernden Gräfin, wollte sie bald erstechen, bald sich mit ihr aussprechen, ohne den zuvor gefaßten Entschlüssen untreu zu werden: Letzteres in Einklang zu bringen war natürlich schwierig. Es schnürte ihm die Brust ein; halb von Sinnen stürzte er ins Freie, erste Anzeichen eines entzündlichen Fiebers verspürend; blaß, wirr und aufgelöst eilte er durch die Straßen und hätte gewiß die Lösung aller Fragen in der tiefen Neva gefunden, wäre diese nicht zum Glück um jene Jahreszeit in ihren eisigen Pelz gehüllt gewesen.

War es das Schicksal müde, Pavel zu verfolgen, oder wollte es ihn, nach kurzer Atempause, im Unglück nur noch härter treffen, – auf dem Heimweg begegnete er unverhofft der Erfüllung seines ureigentlichen Wünschens und Verlangens. Im Vorzimmer erwartete ihn der reich gekleidete Diener der Gräfin I . . . und händigte ihm eine Nachricht aus; Pavel entfaltet sie bebend und liest, hingeworfen von der ihm nur zu gut bekannten Hand der Gräfin, die folgenden Worte:

»Böse Menschen wollten Streit zwischen uns säen; ich weiß alles; wenn in Ihnen auch nur ein Funken Liebe zu mir verblieben ist, ein Funken Mitleids, so kommen Sie um die und die Abendstunde. Ewig Deine I.«

Wie dumm sind Verliebte! Kaum, daß Pavel diese magischen Zeilen überflogen hatte, war für ihn alles vergessen, die Freundschaft zu Vera wie die Feindschaft für Varfolomej; die ganze Welt der Gegenwart, Vergangenheit und

Zukunft war für ihn zusammengedrängt auf einem Fetzen Papier; er drückt ihn ans Herz, küßt ihn, hält ihn ein ums andere Mal gegen das Licht. »Nein! – ruft er freudetrunken, – es ist kein Trug; ich bin wirklich, wirklich glücklich; so schreibt niemand, so kann niemand schreiben außer ihr allein. Aber will mich die Schelmin nicht zu sich locken, um mir Sand in die Augen zu streuen und wie vordem ihren Spott mit mir zu treiben? Nein! ich schwöre, das wird nicht geschehen. ›Deine – ewig Deine‹, soll sie mir mit Taten erklären, was dieses Wort bedeutet. Sonst . . . ihr guter Ruf liegt jetzt in meinen Händen.«

Zur festgesetzten Stunde steht denn unser Pavel also, geschniegelt und gestriegelt, auf der breiten Treppe vor dem Hause der Gräfin; man geleitet ihn unangemeldet in den Salon, wo zu seinem Ärger bereits einige Besucher versammelt sind, Hinkebein jedoch nicht unter ihnen. Die Gastgeberin empfängt ihn spröde, spricht kaum ein Wort mit ihm; doch nicht von ungefähr richtete sie ihre großen schwarzen Augen auf ihn, um sie sofort schmachtend niederzuschlagen: das mystische Alphabet der Liebenden, das Profanen verschlossen ist. Die Gäste setzen sich an den Spieltisch; die Gastgeberin lehnt ab, versichert jedoch, es sei ihr angenehm, sich reihum einmal zu jedem Spieler zu setzen, denn sie hoffe, ihm damit Glück zu bringen. Die Gäste können sich nicht genug wundern über ihre feine Höflichkeit. Ein wenig später sagt die Gräfin, an den Jüngling gewandt: »Sie waren so lange nicht bei uns, – bemerken Sie keine Veränderungen an der Einrichtung dieses Raums? Hier, zum Beispiel, die Portieren hingen früher an Lorbeer-Girlanden; doch ich fand besser, sie durch Pfeile ersetzen zu lassen.« – »Die Herzen fehlen«, – antwortet Pavel halb spröde, halb artig. »Aber nicht nur im Salon, – fährt die Gräfin fort, – ist die Dekoration neu«, und erhebt sich aus dem Sessel: »Wollen Sie nicht, – sagt sie, – einen Blick ins Divanzimmer werfen; dort hängen Gobelins, die neulich gebracht wurden – mit wunderschönen Motiven.« Pavel folgt ihr mit einer Verbeugung. Sein Herz erbebte in einem unerklärlichen Gefühl, als er diesen verzauberten Raum betrat. Er war Wintergarten und Divanzimmer zugleich. Myrtenbäumchen, an den Wänden aufgestellt, milderten das grelle Licht der Kandelaber, das sich, die kostbaren Divane im Schatten der Bäume belassend, still über die Wandbekleidung der Gobelins ergoß, auf denen, Wollust einflößend, die Liebestaten sagenhafter Götter dargestellt waren. Dem Enfilee gegenüber stand ein großer Trumeau, daneben an der Wand sah man den Raub der Europa – Beweis für die Macht der Schönheit, aus jedem, wer er auch sei, ein Rindvieh zu machen. Vor diesem Spiegel beginnt die schicksalentscheidende Aussprache. Jeder Eingeweihte weiß, daß eine Aussprache unter Liebenden immer nur grausamste Amplifikation bedeutet: also werde ich nur das Wesentliche wiedergeben. Die

Gräfin beteuerte, ihr Spott über die schlechte französische Aussprache habe nicht Pavel gegolten, sondern einem Manne gleichen Namens, und sie habe lange Zeit die Gründe für sein Fernbleiben nicht begreifen können, schließlich jedoch habe ihr Varfolomej eine Andeutung gemacht usw. usw. Obwohl ihm Varfolomejs Kenntnisse in einer Sache, von der ihm niemand ein Wort gesagt hatte, wie auch die Rolle des Friedensstifters, die er hierbei übernommen hatte, merkwürdig vorkamen, – Pavel glaubte selbstverständlich alles; aber er tat hartnäckig so, als glaubte er nichts. »Aber welchen Beweis wollen Sie denn noch?« – fragte die Gräfin schließlich mit zärtlicher Ungeduld. Als höflicher junger Mann küßte Pavel ihr zur Antwort innig die Hand; doch sie widersetzte sich dem, wurde verlegen, wollte eiligst zurück zu den Gästen; er fiel vor ihr auf die Knie und drohte, sie fest an den Händen haltend, er werde sie nicht loslassen und sich zudem noch im selben Augenblick erschießen. Diese Taktik hatte den gewünschten Erfolg – in Form eines leisen, bebenden Händedrucks, und ein leise geflüstertes: »Morgen um elf Uhr nachts, am Hintereingang« verkündete Pavel, dem Glücklichen, lauter als Pulver und Kanonendonner den Triumph.

Die Gräfin kehrte im rechten Augenblick in den Salon zurück; unter zwei Spielern wäre es um ein Haar zu einer Rauferei gekommen. »Sehen Sie, – sagte der eine, rot vor Zorn, zur Gräfin, – ich verliere hier für nichts und wieder nichts einige hundert Seelen, und er . . . « – »Sie meinen: einige hundert Rubel«, – unterbrach sie ihn mit Ernst. – »Ja, ja . . . pardon . . . ich habe mich unglücklich ausgedrückt«, – antwortete der Kampfhahn schluckend und mit einem scheelen Blick auf den jungen Mann. Die Spieler begruben ihren Streit, und alle Aufregung war wie weggeblasen. Pavel überhörte dieses Mal alles. Die innere Erregung gestattete ihm nicht, sich allzu lange in Gesellschaft aufzuhalten, er eilte nach Hause, der Ruhe zu pflegen, doch der Schlaf senkte sich lange nicht auf seine Lider; die Wirklichkeit war ihm der süßeste Traum. Seiner entzündeten Phantasie standen unablässig die großen, schwarzen, feuchten Augen der Schönen bevor. Sie begleiteten ihn auch durch den Schlaf; doch die Träume, sei es im Vorgefühl des Mysteriums, sei es in der Aufwallung des Blutes, endeten immer irgendwie merkwürdig. Mal spazierte er im grünen Gras; vor ihm sprossen zwei Blumen von wunderbarer Farbe; doch kaum hatte er die Stengel berührt, um sie zu pflücken, wand sich plötzlich eine pechschwarze Schlange empor und bespritzte die Blumen mit Gift. Mal blickte er in den Spiegel eines durchsichtigen Sees, auf dessen Grund in Nähe des Ufers zwei goldene Fischlein spielten; doch kaum tauchte er nach ihnen die Hand ins Wasser, erwachte er, aufgeschreckt von einem Wasserungeheuer. Mal ging er nachts unter duftendem Sommerhimmel, und in der Höhe strahlten unzertrennlich zwei helle Sterne; doch konnte er sich ihrer nicht erfreuen, denn im dunklen Westen erhob sich ein schwarzer Flecken, der sich zu einer langen Wolkenschlange auswuchs und beide Sterne verschlang. – Jedesmal, wenn solch eine Vision Pavels Schlaf unterbrach, dachte dieser unwillkürlich voll Besorgnis an Varfolomej; doch kurze Zeit darauf gewannen die schwarzen Augen erneut die Oberhand, bis abermals ein Schrecken den fesselnden Traum unterbrach. Trotz allem erwachte Pavel, der bis zum Mittag geschlafen hatte, fröhlicher denn je. Die restlichen elf Stunden des Tages kamen ihm, wie man so sagt, wie eine Ewigkeit vor. Kaum hatte die Dämmerung eingesetzt, strich er bereits um das Haus der Gräfin herum; man empfing niemanden, entzündete kein Licht in den Salons, nur in einer entfernten Ecke flackerte schwach eine Kerze: »Dort wartet sie auf mich, die Herrliche«, dachte Pavel bei sich, und schon im vorhinein versank seine Seele im Genuß.

Gemessen schlug es vom Turm der Duma elf Uhr, und Pavel, von Liebe beflügelt . . . Doch hier ende ich mein Tableau, dem Beispiel der besten klassischen und romantischen Autoren der Antike, des Mittelalters und der Neuzeit folgend, und überlasse seine Ergänzung Ihrer eigenen Vorstellungskraft. Kurz und klar: Pavel dachte bereits, die Seligkeit zu kosten . . . als es plötzlich leise an die Tür klopfte; die Gräfin, verlegen, öffnet; eine ins Vertrauen gezogene Zofe tritt ein und meldet, am Hintereingang sei ein Mann erschienen, der den jungen Herrn dringend sprechen müsse. Pavel wird zornig, läßt sagen, er habe keine Zeit, wird schwankend, geht ins Vorzimmer und hört dort, der Unbekannte sei soeben gegangen. – Er kehrt zu seiner Holden zurück: »Nichts kann mich von dir trennen«, – sagt er mit Leidenschaft. Doch da klopft es erneut, die Zofe tritt ein und wiederholt das zuvor Gesagte. – »Schicken Sie diesen Unbekannten zum Teufel«, – schreit Pavel, mit dem Fuß aufstampfend, – »oder ich bringe ihn um«; er geht hinaus, hört, daß auch der andere hinausgegangen sei; stürzt die Treppe hinunter auf den Hof, doch auch dort rührt sich nichts, nur der Schnee ergießt sich lautlos in dichten Schwaden auf die Erde. Pavel beschimpft die Dienstboten, verbietet, auch nur irgendjemanden vorzulassen, kehrt entflammter denn je zur Gräfin zurück, die unruhig geworden ist; nur wenige Minuten vergehen, und es klopft zum dritten Mal, noch heftiger, hartnäckiger. »Nein, das ist zu viel! – schreit er außer sich vor Zorn, – ich werde herausbekommen, was für ein Gespenst das ist; das ist ein Bubenstück.« – Er stürzt ins Vorzimmer und erkennt den Saum eines Umhangs, der eben noch durch die ins Schloß fallende Tür schlüpft; im Nu wirft er den Uniformmantel über, greift nach dem Stock, stürzt auf den Hof hinaus und hört das Klappen der Gartenpforte, die soeben hinter jemandem zuschlägt. »Halt, bleib stehen, wer bist du?« – ruft Pavel ihm nach, springt auf die Straße und sieht in der Ferne einen hochgewachsenen Mann, der, so scheint es, stehenbleibt, um ihm zuzuwinken, und dann in einer Seitengasse verschwindet. Ungestüm folgt ihm Pavel und scheint ihn einholen zu können; wieder bleibt der andere an einer Seitenstraße stehen, winkt ihm zu und verschwindet. So folgt der Jüngling dem Unbekannten von Straße zu Straße, aus einer verwinkelten Gasse in die nächste, und findet sich am Ende, bis zu den Knien in Schneewächten versinkend, von niedrigen Häusern umgeben, in einer Wegelosigkeit, wie er sie im Leben nie gesehen; der Unbekannte war spurlos verschwunden. Pavel erstarrte, und zugegeben, wer ist schon zu beneiden, der etliche Verst durch den Schnee gestapft ist und sich, in stockfinstrer Nacht, am Ende der Welt wiederfindet. Was tun? weitergehen? – da verläufst du dich nur; an die nächstbeste Tür klopfen? – wen bekommst du um diese Zeit wach? Zu Pavels unverhoffter Freude kommt ein Schlitten gefahren. »Kutscher! – ruft er, – fahr mich nach Hause, die und die Straße.« Der gehorsame Kutscher fährt ihn durch die gottverlassene Gegend, der Schnee knirscht unter den Kufen, der Mond nach dem Geschmacke Žukovskijs leuchtet den Reisenden unsicher durch die dahinjagenden Wolken. Und sie fahren lange, lange – und nirgends ein bekannter Ort; schließlich fahren sie ganz zur Stadt

hinaus. Natürlich kamen Pavel all die alten Geschichten in den Sinn, von den Toten auf dem Wolffsfeld, von den Droschkenkutschern, die ihre Fahrgäste dort erstechen usw. »Wohin fährst du mich?« – fragte er mit fester Stimme; keine Antwort. Da wollte er, bei Mondlicht, einen Blick auf die Blechmarke des Kutschers werfen und sah zu seiner Verwunderung, daß auf dieser Marke weder Bezirk noch Stadtviertel vermerkt war, sondern in großen Ziffern von merkwürdiger Gestalt und Prägung die Zahl 666 geschrieben stand, die Zahl der Apokalypse, wie ihm später einfiel. In seinem Verdacht bestärkt, in böse Hände gefallen zu sein, wiederholte unser Jüngling die Frage noch lauter und schlug, da er keine Antwort vernahm, dem Kutscher mit voller Wucht den Stock in den Rücken. Wie groß aber war sein Entsetzen, als dieser Schlag den Klang von Knochen gegen Knochen erzeugte, als der vermeintliche Kutscher, sich umwendend, ihm das Gesicht eines Totenkopfs zeigte und als dieses Gesicht, gräßlich die Zähne bleckend, mit undeutlicher Stimme hervorstieß: »Vorsicht, junger Mann; du hast dich *nicht mit deinesgleichen* eingelassen.« Der unglückliche Jüngling hatte nur noch die Kraft, das Kreuzeszeichen zu schlagen, dessen seine Hände seit langem entwöhnt waren. Da stürzte der Schlitten um, ein wildes Lachen erscholl, ein schrecklicher Wirbelsturm hob an; Equipage, Pferde, Kutscher – alles versank im Schnee, und Pavel stand auf einmal mutterseelenallein, halbtot vor Angst, draußen vor dem Stadttor.

Am nächsten Morgen lag der junge Mann entkräftet auf dem Bett in seinem Zimmer. An seiner Seite stand der gute alte Diener und wandte sich oft ab, die welke Hand seines Herrn in der einen Hand haltend, um mit der anderen eine Träne abzuwischen, die heimlich sein halberblindetes Auge trübte. »Gnädiger Herr, ach, gnädiger Herr, – sagte er ein ums andere Mal, – nicht umsonst habe ich Euer Gnaden immer wieder gesagt, die nächtlichen Lustbarkeiten bringen nichts Gutes. Wo sind Sie gewesen? was ist Ihnen geschehen?« Pavel hörte ihn nicht: mal blickte er mit weit aufgerissenen Augen unverwandt in die Ecke, mal verfiel er ins Dämmern, zitterte im Halbschlaf und lachte, mal sprang er wie wahnsinnig aus dem Bett, rief Namen von Frauen und warf sich wieder mit dem Gesicht in die Kissen. »Armer Pavel Ivanovič! – dachte der Diener bei sich. – Gott steh ihm bei, er muß den Verstand verloren haben«, – und so lief er, in einem Anfall von Beherztheit, den erstbesten Augenblick nutzend, nach einem Arzt. Als dieser den Patienten, der keinen der Umstehenden erkannte, gesehen und ihm den fiebrigen Puls gefühlt hatte, schüttelte er den Kopf. Die äußeren Anzeichen widersprachen einander, aus ihnen war unmöglich auf die Art der Krankheit zu schließen; alles bot Anlaß zur Annahme, daß deren Ursache in der Seele, nicht im Körper verborgen lag. Der Patient erinnerte sich nahezu an nichts von dem, was vorgefallen war; seine Seele schien bedrückt von einer Art schrecklicher Vorahnung. Vom treuen Diener überredet, wich der Arzt einen ganzen Tag nicht vom Krankenlager des jungen Mannes; gegen Abend verschlimmerte sich der Zustand des Patienten aufs schrecklichste, er warf sich hin und her, weinte, rang die Hände, sprach von einer Vera, der Basilius-Insel, rief um Hilfe – Gott weiß, wen und für wen, griff nach seiner Mütze, stürzte zur Tür, und kaum vermochten die vereinten Kräfte des Arztes und des Dieners, ihn zurückzuhalten. Diese entsetzliche Krisis währte bis Mitternacht; plötzlich beruhigte sich der Kranke – ihm wurde leichter; doch seine seelischen und körperlichen Kräfte waren von dem Kampfe völlig erschöpft; er verfiel in einen totenähnlichen Schlaf, wonach sich die Krisis wiederholte.

Der Anfall hielt den Jüngling drei volle Tage mit unverminderter Gewalt in seinen Fängen; am dritten Morgen, da er mehr Kraft zu verspüren begann, stand er von seinem Bett auf, als man ihm sagte, im Vorzimmer wartete die alte Dienerin der Witwe. Das Herz ließ ihn nichts Gutes ahnen; er ging hinaus; die Alte schluchzte ungehemmt. – »So! Noch ein Unglück! – sagte Pavel und trat auf sie zu, – quäl mich nicht, meine Gute; sag mir alles, schnell.« – »Die gnädige Herrin hat das Zeitliche gesegnet, – antwortete die Alte, – aber das gnädige Fräulein, weiß Gott, wie lang es noch zu leben hat.« – »Wie? Vera? was ist?« – »Vergeuden Sie keine Worte, junger Herr: das Fräulein braucht Hilfe. Ich bin zu Fuß hierher gekommen; wenn Sie ein gutes Herz haben, lassen Sie uns auf der Stelle zu ihr fahren: sie ist im Haus des Priesters der Hl. Andreas-Kathedrale.« – »Im Haus eines Priesters? Warum?« – »Um Gottes willen, ziehen Sie sich an, Sie werden alles erfahren.« – Pavel hüllte sich ein, und sie sprengten zur Basilius-Insel.

Als er Vera und ihre Mutter das letzte Mal gesehen hatte, litt die Witwe schon längere Zeit an einer Krankheit, die ihr, in ihrem hohen Alter, wenig Hoffnung auf Genesung verhieß. Zu arm, um einen Arzt zu rufen, befolgte sie ausschließlich die Ratschläge Varfolomejs, der sich, neben anderen Kenntnissen, auch einer gewissen Vertrautheit mit der Medizin rühmte. In seinem Wirken war er unermüdlich: er brachte es fertig, Vera zu trösten, nach der Kranken zu sehen, der Dienerin beim Beschaffen der Arzneien behilflich zu sein, die er zuweilen derart rasch beschaffte, daß Vera sich wunderte, wo er eine so nahe Apotheke hatte finden können. Zwar halfen die Arzneien, die er besorgte, der Kranken nicht immer, doch machten sie ihr beständig Mut. Und merkwürdig, je näher sie sich auf das Grab zubewegte, desto unzertrennlicher waren ihre Gedanken dem Leben verbunden. Sie schlief und sah im Traum ihre Genesung; sah, wie ihre Kinder Varfolomej und Vera heiraten und ihr Leben beginnen, und zwar ein wohlbehütetes Leben, sie sorgte sich, ob das kleine Haus für die künftige Familie nicht zu eng werden würde, ob man nicht ein anderes finden könne, näher zur Stadt gelegen usw. usw. Die trübe Ausdruckslosigkeit des Endes lag in ihrem Blick, wenn sie die künftigen Ehegatten zu sich ans Bett rief und mit einem verlegenen Lächeln zu ihnen sprach: »Schäm dich nicht, Vera, mein Kind, küß doch deinen Bräutigam; ich könnte erblinden und dann euer Glück nicht mehr sehen. « Unterdessen lastete die Hand des Todes immer schwerer und schwerer auf der Alten: Gesicht und Gedächtnis stumpften von Stunde zu Stunde ab. Varfolomej war der Kummer nicht anzumerken; mag sein, daß all die Scherereien, die unablässige Lauferei ihm halfen, sich zu zerstreuen. Vera hingegen bedrückte die Sorge um die Mutter gleichermaßen wie die um ihr eigenes Schicksal. Welche Braut hätte nicht Angst vor der Ehe? Doch bemühte sie sich auf jegliche Art, Ruhe zu finden. »Ich habe gesündigt vor Gott, – dachte das Mädchen; – ich weiß nicht, warum ich Varfolomej für einen verschlagenen, für einen bösen Menschen gehalten habe. Ist er doch weit besser als Pavel; seht nur, wie er sich um Mutter bemüht: er gönnt sich keine Schonung, der Ärmste, – er kann also kein böser Mensch sein.« Plötzlich verfinsterten sich ihre Gedanken. »Er hat ein schroffes Wesen, – sagte sie zu sich, – wenn er etwas nicht will und man zu ihm sagt: Varfolomej, tun Sie es um Gottes willen, überkommt ihn ein Zittern und er wird blaß. Aber, – fuhr Vera fort, mit dem kleinen Finger eine Träne von der Wange wischend, – ich bin ja doch selbst kein Engel; jeder trägt an seinem Kreuz und hat seine Fehler: ich werde ihn bessern, und er mich.«

Hier aber kamen ihr neue Zweifel in den Sinn: »Er ist, wie es scheint, reich; wie hat er sein Geld erworben – mit ehrlichen Mitteln? doch nein, das werde ich ihn fragen, er liebt mich ja.« So tröstete sich die gute, unschuldige Vera; der Alten ging es unterdessen immer schlechter. Vera teilte Varfolomej ihre Befürchtungen mit, fragte ihn sogar, ob man nicht einen Geistlichen rufen sollte; da wurde er hitzig und antwortete schroff: »Wollen Sie das Ende Ihrer Mutter beschleunigen? dann wäre dies der beste Weg. Ihre Krankheit ist gefährlich, aber durchaus nicht aussichtslos. Was hält sie am Leben? die Hoffnung auf Genesung. Rufen wir dagegen den Popen, so nehmen wir ihr die letzte Hoffnung.« Die schüchterne Vera pflichtete ihm bei, die geheime Stimme ihres Innern niederringend; aber an diesem Tage, – und bedenken Sie, es war genau der Tag nach Pavels fatalem Stelldichein mit der liebreizenden Gräfin, – bedrängte die Gefahr nur allzu deutlich das ahnende Herz der Tochter. Sie ließ Varfolomej rufen und sagte zu ihm mit entschiedener Stimme: »Beim Allmächtigen beschwöre ich Sie, lassen Sie die Mutter nicht ohne die heiligen Sakramente sterben: Gott allein weiß, ob sie den morgigen Tag noch erlebt« – und sank, tränenüberströmt, auf einen Stuhl. Was geschah darauf in Varfolomej? seine Augen rollten, der Schweiß trat ihm auf die Stirn, er mühte sich mit aller Kraft, etwas zu sagen, brachte jedoch kein Wort hervor. – »Kleinmut eines jungen Mädchens, – stammelte er eine Weile später, – du glaubst an nichts . . . Sie, Gnädigste, haben kein Vertrauen in meine Kenntnis der Medizin . . . Warten Sie . . . ich habe einen Bekannten, er ist Arzt und weiß mehr als ich . . . er wohnt nur leider weit von hier.« Und er faßte Vera bei der Hand, führte sie zielstrebig ans Fenster, zeigte, ohne den Blick zu heben, zum Himmel: »Sehen Sie; dort oben wird der erste Stern noch nicht zu sehen sein, ehe ich zurück bin, dann wollen wir entscheiden; versprechen Sie mir nur, vor meiner Rückkehr den Geistlichen nicht zu rufen?« – »Ich verspreche es, ja.« Da war aus dem Schlafzimmer ein langgedehnter Seufzer zu hören. – »Beeilen Sie sich«, – rief Vera, zur Tür stürzend, dann wandte sie sich um, blickte noch einmal, von unsagbarem Kummer gerührt, auf den wie angewurzelt Stehenden und wiederholte, ihm zuwinkend: – »Beeilen Sie sich – um meinetwillen, um Gottes willen. « – Varfolomej eilte davon.

Mehr und mehr hüllte sich der Winterhimmel in Wolken, und in der Kranken traten Leben und Verwesung an zu ihrem letzten tödlichen Zweikampf. Es begann zu schneien, und Stöße des fliegenden Winds ließen die Fensterrahmen knarren. Beim leisesten Knirschen im Schnee lief Vera ans Fenster, um nachzusehen, ob Varfolomej nicht zurückkehrte; doch nur die Katze miaute, die Dohlen pickten ans Tor, und der Wind riß ein ums andere Mal die Gartenpforte auf und schlug sie wieder zu. Die Nacht mit ihrem schwarzen Sargtuch kam vor der Zeit; von Varfolomej jedoch keine Spur, und am Himmelszelt blinkte kein einziger Stern. Vera beschloß, die alte Dienerin nach dem Geistlichen zu schicken; sie kehrte lange nicht zurück – kein Wunder, denn es gab weit und breit keine nähergelegene Kirche als die Andreas-Kathedrale. Da schlug die Gartenpforte, und statt der Köchin erschien Varfolomej, blaß und geistesabwesend. »Nun? gibt es keine Hoffnung mehr?« – flüsterte Vera. – »Kaum eine, – sagte er mit dumpfer Stimme; – ich war bei dem Arzt; er wohnt weit von hier, er weiß sehr viel . . . « – »Und was um Gottes willen sagt er denn?« – »Was braucht es das noch? . . . es ist an der Zeit, nach dem Popen zu schicken. Ah! ich sehe, Sie haben dies bereits getan . . . recht so!« – sagte er mit einer Sprödigkeit, in der Verzweiflung mitschwang.

Etliche Zeit später, schon in tiefer Nacht, kam die alte Dienerin mit der Kunde, der Priester sei nicht zu Hause, aber wenn er wiederkäme, würde man es ihm sagen, und er würde dann sogleich zu der Sterbenden eilen. Man beschloß, es ihr schonend beizubringen. »Seid ihr von Sinnen, Kinder, – sagte sie mit schwacher Stimme, – bin ich denn so krank! Vera! was weinst du? Nimm das Lämpchen mit hinaus; der Schlaf wird mich erquicken.« Die Tochter küßte der Mutter die Hand, Varfolomej stand derweil schweigend beiseite, die Augen auf die Kranke gerichtet, die, als der Schimmer des Lämpchens auf sie fiel, funkelten wie glühende Kohlen.

Vera und die Köchin knieten nieder und beteten. Varfolomej ging, die Hände ringend, über Kopfschmerzen klagend, ein ums andere Mal in den Flur hinaus. Eine halbe Stunde später trat er ins Schlafzimmer und kam daraus wie ein Wahnsinniger zurückgestürzt mit der Nachricht: »Es ist geschafft!« Ich will nicht beschreiben, was Vera in diesem Augenblick empfand! Doch die Kraft ihres Geistes war ungewöhnlich. »Herrgott! es ist dein Wille!« – stieß sie hervor, die Hände zum Himmel erhoben; sie wollte gehen, doch versagten ihr die körperlichen Kräfte den Dienst, halbtot sank sie in einen Sessel, und die Unglückliche hätte aufgehört zu atmen, hätte nicht ein plötzlicher Tränenstrom ihre zugeschnürte Brust erleichtert. Währenddem wusch die Alte wehklagend den Leichnam, stellte eine Kerze ans Kopfende und ging die Ikone holen; doch hier versank sie, ob aus Übermüdung, ob aus einem anderen Grund, unweigerlich in Schlaf. In diesem Augenblick trat Varfolomej zu Vera. Satan persönlich wäre das Herz geschmolzen: so schön war sie in ihrem Schmerz. »Du liebst mich nicht, – rief er leidenschaftlich; – mit deiner Mutter habe ich den letzten Rückhalt in deinem Herzen verloren.« Das junge Mädchen erschrak ob seiner Verzweiflung. »Doch, ich liebe dich«, – entgegnete sie voll Angst. Er fiel ihr zu Füßen: »Schwöre, – sagte er, – schwöre, daß du mein bist, daß du mich mehr liebst als deine Seele.« Vera hätte solche Leidenschaft in diesem kühlen Menschen nie vermutet: »Varfolomej, Varfolomej, – sagte sie mit schüchterner Zärtlichkeit, – vergiß in dieser Schreckensstunde die sündigen Gedanken; ich schwöre dir, sobald wir Mutter beerdigt haben und uns der Geistliche in Gottes Haus den Segen erteilt hat . . . « Varfolomej hörte sie nicht zu Ende, sondern sprach wie rasend auf sie ein, und er redete wirr: beteuerte, dies alles seien leere Zeremonien, die ein Liebender nicht bräuchte, forderte sie auf, mit ihm zu kommen in ein fernes Vaterland, versprach, sie dort mit fürstlichem Glanz zu überschütten, umarmte unter Tränen ihre Knie. Er sprach mit solcher Leidenschaft, mit solchem Feuer, daß alle Wunder, von denen er erzählte, augenblicklich wahr erschienen. Vera spürte ihre Festigkeit bereits erlahmen, die Gefahr indes weckte die Kräfte ihrer Seele; sie riß sich los und lief zur Tür des Schlafzimmers, wo sie die Dienerin zu finden hoffte; Varfolomej vertrat ihr den Weg und sagte, nun bereits mit vorgetäuschter Beherrschtheit, mit grimmigem Blick: »Hör zu, Vera, widersetze dich mir nicht; weder die Dienerin noch deine Mutter erweckst du mehr zum Leben: keine Gewalt der Erde kann dich mehr vor meiner Macht beschützen.« – »Die Unschuldigen beschützt Gott«, – rief die Ärmste und stürzte in ihrer Verzweiflung vor dem Cruzifixus auf die Knie. Varfolomej erstarrte, sein Gesicht verharrte in ohnmächtiger Wut. »Wenn das so ist, – entgegnete er, sich auf die Lippen beißend, – wenn das so ist . . . ja, dann ist für mich bei dir nichts mehr zu holen; aber ich werde deine Mutter zwingen, dich mir gefügig zu machen.« – »Steht sie denn in deiner Macht?« – fragte das Mädchen. »Sieh her«, - antwortete er, den Blick auf die halbgeöffnete Tür des Schlafzimmers gerichtet, und Vera erschien es, als entströmten seinen Augen zwei Feuerstrahlen und als höbe die Verstorbene, beim Schein der niederbrennenden Kerze, unter unbeschreiblichen Qualen den Kopf und winkte ihr mit ihrer verdorrten Hand zu, sich Varfolomej zu nähern. Da auf einmal wußte Vera, mit wem sie es zu tun hatte. »Gott stehe auf, und du verschwinde, der du verflucht bist«, – rief sie, all die Kräfte ihrer Seele zusammennehmend, und fiel ohnmächtig zu Boden.

In diesem Moment weckte gleichsam ein Kanonenschuß die schlafende Dienerin. Sie schlug die Augen auf und sah in ihrer Angst die Tür sperrangelweit geöffnet, das Zimmer in Qualm und Rauch, und eine blaue Flamme, die sich über den Spiegel und die Gardine ausbreitete, die Varfolomej der Verstorbenen geschenkt hatte. Ihr erster Griff galt dem in der Ecke stehenden Wasserkrug, um ihn in die Flammen zu gießen, doch das Feuer prasselte und loderte mit doppeltem Ingrimm und erfaßte gar die ergrauten Haare der Köchin. Da stürzte diese wie von Sinnen ins andere Zimmer mit dem Schrei: »Feuer, Feuer! « Und als sie ihre Herrin ohnmächtig auf dem Boden liegen sah, packte sie sie mit beiden Armen und schleppte sie, da wahrscheinlich die Angst ihre ermatteten Kräfte beflügelte, hinaus auf die Brücke vors Tor. In der Nähe wohnte niemand, der hätte Hilfe leisten können. Während sie der Halbtoten die Schläfen mit Schnee einrieb, kamen die Flammen aus den Fenstern, dem Schornstein, über das Dach. Auf den Feuerschein hin kam ein Polizeitrupp mit Eimern, Gabeln und Haken herbeigesprengt: Schläuche zum Löschen waren damals noch nicht in Gebrauch. Neugierige liefen zusammen, unter ihnen auch der Geistliche von der Andreas-Kathedrale, der gekommen war, um der Verstorbenen das Abendmahl zu geben. Er hatte nicht auf sonderlich gutem Fuß mit ihr gestanden und sie für eine schlechte Frau gehalten; doch liebte er Vera, über die er von seiner Tochter viel Gutes gehört hatte, und so versprach er den Feuerwehrleuten Geld, falls es ihnen gelänge, den Leichnam zu bergen, um der Verstorbenen zumindest ein christliches Begräbnis zuteil werden zu lassen. Doch wie hätte das gehen sollen. Die Flammen, vom Schneesturm entfacht, straften alle Wirkung des Wassers, alle menschlichen Anstrengungen mit Verachtung; ein einziger Polizei-Korporal unter all den tapferen Kerlen faßte sich ein Herz, in die Innenräume vorzudringen, um den Leichnam ins Freie zu tragen, verblieb aber kaum eine Minute und kam in hellem Entsetzen herausgestürzt; er erzählte, es wäre ihm fast schon gelungen, bis ins Schlafzimmer zu gelangen, er habe fast schon an das Totenbett treten wollen, als plötzlich von oben eine Satansgestalt herabgesprungen sei, die

Zimmerdecke unter schrecklichem Gepolter über ihm zusammengebrochen sei, und er sei nur dank der besonderen Gnade des Hl. Nikolaus des Wundertäters imstande gewesen, den Kopf auf den Schultern zu retten, wofür er gelobte, auf der Stelle eineinhalb Rubel vor dessen Ikone zu stiften. Untereinander äußerten Zuschauer die Meinung, er sei ein Feigling, und ein herabstürzender Balken sei ihm als der Teufel erschienen, doch der Korporal blieb in seiner Meinung unerschütterlich und verkündete bis ans Ende seiner Tage in den Schenken, er habe in seinem Leben den leibhaftigen Satan gesehen, mit Schwanz, mit Hörnern und der großen Höckernase, aus der er das Feuer angefacht habe wie der Blasebalg in der Schmiede. »Nein, Brüder in Christo, gnade Euch Gott, daß Euch je der Verdammte erscheint.« Mit dieser Rednerformel beschloß unser Genie für gewöhnlich seinen Bericht, und zur Belohnung für seine Tapferkeit und den tiefen Eindruck, den seine Erzählung beim gebildeten Publikum hinterließ, brachte ihm der Wirt unentgeltlich ein volles Glas reinen Branntweins.

Ungeachtet also der Bemühungen des Löschtrupps, dem im übrigen für seine tätigen Mühen in diesem Falle seitens der Nachfahren volle Gerechtigkeit widerfahren muß, brannte das einsame Häuschen auf der Basilius-Insel bis auf die Grundmauern nieder, und der Platz, an dem es stand, ist bis auf den heutigen Tag, ich weiß nicht warum, unbebaut geblieben. Die alte Dienerin, die, unter Mitwirkung des Geistlichen mit den Sterbesakramenten, Vera aus der Ohnmacht wiedererweckt hatte, fand, zusammen mit dieser, Zuflucht im Hause des würdevollen Hirten. Das Feuer war so unvermittelt ausgebrochen, daß die Polizei es für nötig befand, eine hochnotpeinliche Untersuchung über seine Ursachen anzustellen. Doch da der Verdacht nicht auf die alte Dienerin fallen konnte, und noch weniger auf Vera, erwies sich um so eindeutiger Varfolomej als der Brandstifter. So notierte man alle seine Kennzeichen, suchte nach ihm auf offene wie geheime Weise nicht nur in sämtlichen Bezirken der Stadt, sondern in ganz Petersburg, im ganzen Stadtkreis; aber alles war vergebens: man fand von ihm nicht einmal eine Spur, was um so erstaunlicher war, als die Schiffahrt im Winter ruht, er folglich keine Möglichkeit hatte, still und heimlich mit einem ausländischen Schiff in ferne Länder davonzusegeln. Ich weiß nicht, wohin die langwierige Untersuchung noch hätte führen können; doch der Geistliche, der Vera von ganzem Herzen liebte und nicht ahnte, bis in welche Tiefen sich ihre Verbindung zu diesem Menschen erstreckt hatte, machte vernünftigerweise seinen Einfluß geltend und ließ die Sache niederschlagen, um ihr keine weitere Verbreitung zukommen zu lassen.

So fand Pavel, nach dem man zwei Tage später geschickt und der von der guten Alten erfahren hatte, was ihr aus der Kette der unglückseligen Verwicklungen bekannt war, seine junge Verwandte krank im Hause von Vater Ioann wieder. Die gastliche Familie lud ihn ein, bis zu Veras Genesung bei ihr zu wohnen. Der leichtlebige Jüngling hatte in kurzer Zeit derart viele Schicksalsschläge erfahren, und deren verborgene Ursachen waren für ihn in solch schreckliches Dunkel getaucht, daß dies auf sein Denken und seinen Charakter einen unauslöschlichen Eindruck hinterließ. Er wurde ernst, gesetzt und verfiel nicht selten in tiefe Nachdenklichkeit. Er vergaß die Reize der geheimnisvollen Gräfin ebenso wie die stürmischen Lustbarkeiten seiner Jugend, an die solch verderbenbringende Folgen geknüpft waren. Sein einziges gen Himmel gerichtetes Gebet galt Veras Genesung und dem Wunsch, ihr als Muster eines treuen Ehemannes dienen zu können. Während ihrer kurzen Begegnungen unter vier Augen beschloß er, ihr diese Überlegung vorzutragen; doch sie, die ihm übrigens das verwandtschaftliche Vertrauen bewahrt hatte, wies diese unverändert standhaft zurück. »Du, Pavel, bist jung, – sagte sie, – ich dagegen habe mein Leben gelebt; bald wird mich das Grab aufnehmen, und dort wird mir vielleicht ein gnädiger Gott Vergebung und Ruhe schenken.« Dieser Gedanke verließ Vera keinen Augenblick; dabei quälte sie, wie es schien, insgeheim die Überzeugung, sie hätte es dem Missetäter durch ihre Schwäche ermöglicht, der Mutter Verderben herbeizuführen – in diesem und vielleicht auch, wer weiß? im künftigen Leben. Keine ärztliche Kunst vermochte es, ihr den Frohsinn oder die Gesundheit wiederzugeben. Die Frische ihrer Wangen verblaßte – die himmlischen Augen, bar ihrer früheren Lebhaftigkeit, nahmen nur noch gefangen durch den schmachtenden Ausdruck des Leidens, das ihre schöne Seele bedrückte. Noch hatte der Frühling die Wiesen nicht mit neuem Grün geschmückt, als diese Blume, die einst üppige Blüte verhieß, unwiederbringlich dahingegangen war in den Schoß der alles empfangenden Natur.

Man darf vermuten, daß Vera vor ihrem Tode außer dem geistlichen Vater auch Pavel die Umstände ihres letzten Lebensjahres anvertraut hat, die nur sie allein wissen konnte. Als sie starb, weinte der junge Mann nicht, noch zeigte er Trauer. Bald darauf jedoch kehrte er der Hauptstadt den Rücken und ließ sich, von der alten Dienerin begleitet, auf dem fernen väterlichen Landsitz nieder.

Dort galt er im ganzen Umkreis als Sonderling und zeigte in der Tat Anzeichen geistiger Verwirrung. Nicht nur die Nachbarn, selbst die Bauern und Diener bekamen ihn nach seiner Ankunft nie zu Gesicht. Er ließ sich Bart und Haare wachsen, verließ bis zu drei Monaten nicht das Kabinett, gab den größten Teil seiner Befehle schriftlich, und manchmal, wenn man ihm ein Papier zur Unterschrift vorlegte, kam es vor, daß er es statt mit der eigenen mit einer merkwürdigen fremden Unterschrift versehen zurückgab. Frauen vermochte er nicht zu ertragen, und sah er einen großgewachsenen blondgelockten Mann mit grauen Augen, verfiel er in krampfhafte Zuckungen, in Raserei. Einmal, als er, seiner

Gewohnheit folgend, im Zimmer auf und ab schritt, trat er just in dem Augenblick an die Tür, als Lavrentij sie öffnete, um ihm über irgendetwas Meldung zu machen. Pavel erbebte: »Du hast sie umgebracht, nicht ich«, – sagte er jäh, – um darauf den alten Mann eine Woche lang um Verzeihung zu bitten, den er so ungeschickt zur Tür hinausgestoßen hatte, daß dieser sich um ein Haar an einem Mauervorsprung den Hals gebrochen hätte. »Seitdem, – sprach Lavrentij, – klopfe ich immer vorher an, und gehe erst dann hinein und mache seiner Erlaucht Meldung.«

Pavel starb, lange bevor er das Alter erreicht hatte. Seine und Veras Geschichte kennen einige Angehörige der mittleren Kreise Petersburgs, durch die sie, dank mündlicher Überlieferung, auf mich gekommen ist. Und im übrigen, verehrte Leser, werden Sie besser beurteilen können als ich, ob man ihr Glauben schenken darf und woher bei Teufeln diese Lust kommt, sich in menschliche Dinge zu mischen, wenn niemand sie darum gebeten hat.

Tit Kosmokratov

ANMERKUNGEN

Basilius-Insel – so, analog zur Moskauer Basilius-Kathedrale, der eingedeutschte Name des Vasiljevskij Ostrov, Stadtteil Petersburgs.

Kollegium – höchste Regierungsbehörde seit den Zeiten Peters des Großen, im Jahr 1802 durch den Begriff »Ministerium« ersetzt.

Menäen – die zwölf, nach Monaten geordneten, Ritualbücher der russisch-orthodoxen Kirche, die die für jeden Tag des Jahres zu lesenden sakralen Texte enthielten.

Gall – Franz Joseph, 1758-1828, deutscher Anatom und Phrenologe, der Berühmtheit erlangte durch seine Verteidigungsschrift »Des dispositions innées de l'âme et de l'esprit, du matérialisme, du fatalisme et de la liberté morale«, Paris 1812.

Žukovskij – Vasilij Andreevič, 1783-1852, russischer Dichter und Übersetzer der Puškinzeit.

der arme Makar – der Pechvogel des russischen Sprichworts, der arme Schlucker, den ein Mißgeschick nach dem anderen trifft; »Auf den kahlen Kopf hagelt es die größten Schloßen.«

Sämtliche Zeichungen sind den Notizbüchern Aleksandr Puškins entnommen.

DER VERLIEBTE TEUFEL
Entwurf aus dem Notizbuch

Moskau im Jahre 1811.

Alte Frau, zwei Töchter, die eine unschuldig, die andere romantisch – zwei Freunde kommen sie besuchen. Der eine liederlich, der andere – der v[erliebte]. T[eufel]. V. T. liebt die jüngere und will den jungen Mann ins Verderben stürzen – Er verschafft ihm Geld, führt ihn überallhin – Bordell. Nast. – Witwe. T[eufelin] (?). Nacht. Droschke. Der junge Mann. Streitet mit ihm – ältere Tochter verliert den Verstand aus Liebe zum v. T.

GEHENNA FEIERT
Aus dem Notizbuch

*

die dunkle Unterwelt
Birgt ein entlegnes Eck

*

Hier in der Hölle

*

Fern jene abgrundtiefen Schlünde,
Wo sich in Marterqualen Sünder

Wo schwarz der Tränen Ströme gleiten,
Von wo verbannt auf ew'ge Zeiten
Sind Hoffnung, Friede, Liebe, Traum,
Wo brodelnd Höllenmeere wallen,
Wo Satan, wenn die Sünder stöhnen,
Sein schaurig Lachen läßt ertönen . . .

*

Wo Höllenpeitschen niederpfeifen

Wenn Aleksandr Puškin entschlossen war, liebenswürdig zu sein, – schreibt Anna Kern in ihren Erinnerungen, – so sei seine Rede an Geist, Glanz und mitreißendem Schwung unvergleichlich gewesen; in solch einer Stimmung habe Puškin im Freundeskreis »ein Märchen vom Teufel erzählt, der mit der Droschke auf die Basilius-Insel fuhr. Dieses Märchen hat dann, nach seinen Worten, ein gewisser Titov aufgeschrieben und, ich glaube, im ›Schneeglöckchen‹ drucken lassen.«

Es klingt wie eine Anekdote aus dem an Anekdoten nicht eben armen Leben Puškins, doch die Anekdote ist wahr. Der Hinweis Anna Kerns, wonach die Geschichte vom »Einsamen Häuschen auf der Basilius-Insel« von Puškin stamme, erfuhr seine Bestätigung 1912, als in den Memoiren Baron Delvigs ein Brief jenes »gewissen Titov« vom 29. August 1879 veröffentlicht wurde; in ihm klärt Vladimir Titov (1807-1891), Diplomat von Beruf, Gesandter und Mitglied des Staatsrats, der in jungen Jahren unter dem Pseudonym »Tit Kosmokratov« der schönen Literatur gehuldigt hatte, die Urheberschaft der Erzählung.

»Im strengen historischen Sinne ist dies durchaus kein Produkt Kosmokratovs, sondern Aleksandr Sergeevič Puškins, der diese ganze Teufelei einst meisterhaft erzählte, spät abends bei den Karamzins, zum heimlichen Zittern aller Damen . . . Die apokalyptische Zahl 666, die Karten spielenden Teufel, die Hunderte von Seelen auf eine Karte setzten, die Hörner, verborgen unter hohen Perücken, – die Ehre all dieser Einfälle sowie des ganzen Fadens der Geschichte gebührt Puškin. Der in eben jenem Raum sitzende Kosmokratov hatte zugehört und, wieder zu Hause, beinahe die ganze Nacht selbst nicht schlafen können, so daß er die Geschichte einige Zeit später aus dem Gedächtnis zu Papier brachte. Da er indes nicht des Verstoßes gegen das alttestamentliche Gebot ›Du sollst nicht stehlen‹ geziehen werden wollte, begab er sich mit seinem Heft zu Puškin ins Hotel Demut, überzeugte ihn, dem Ganzen von Anfang bis Ende zuzuhören, beherzigte viele seiner denkwürdigen Correcturen und übergab es darnach, den ausdrücklichen Bitten Delvigs folgend, den ›Blumen des Nordens‹ zum Druck.«

Seit 1912 zählt die Geschichte vom »Einsamen Häuschen« zum klassischen Kanon der Puškin-Erzählungen. Und obwohl bis heute niemand Näheres weiß über Puškins denkwürdige Correcturen, wurde die Erzählung, entgegen der kühlreservierten Aufnahme, die sie 1829 beim kritischen Publikum gefunden hatte, nun als Entdeckung gebührend gefeiert, sie fehlt seither in keiner seriösen Puškin-Gesamtausgabe. Zehn Jahre später, 1922, wurde der Bericht V. Titovs definitiv bestätigt durch die Publikation des Puškinschen Entwurfs einer Erzählung vom »Verliebten Teufel«, der, bei einer etwas anderen Figurenkonstellation, die wesentlichen Elemente des »Einsamen Hauses auf der Basilius-Insel« enthält.

Umstritten war eine Zeitlang das Datum der Entstehung. Nannte der Band »Nichtedierter Puškin« 1922 für den Entwurf »aller Wahrscheinlichkeit nach das Jahr 1822«, so schien der zügige Erzählton des Berichts von V. Titov nahezulegen, Puškins mündliche Erzählung vom Besuch Satans in St. Petersburg zeitlich in unmittelbare Nähe zur Veröffentlichung der Erzählung durch Titov zu rücken, also in das Jahr 1828. Erst 1960 gelang es T. G. Cjavlovskaja, vor allem aufgrund ihrer eingehenden Beschäftigung mit Puškins Handzeichnungen, die Daten überzeugend einzukreisen. Demnach entstand der Entwurf vom »Verliebten Teufel« 1822, und für die mündliche Erzählung ergibt sich als frühester Termin das Frühjahr 1827, als spätester der Herbst 1828.

1821 hatte der junge Puškin seine zweite große Verserzählung »Der Gefangene des Kaukasus« abgeschlossen und trug sich mit mehreren größeren Plänen gleichzeitig, darunter dem Plan zu »Vadim«, aber auch einem Versepos über den Freiheitskampf der Griechen. Er verwarf jedoch diese Pläne zunächst und schrieb stattdessen im April 1821 sein frech-blasphemisches »Lied vom Erzengel Gabriel«, einen ironischen Gesang auf die unbefleckte Empfängnis, in dem der Teufel die heiligen Pläne Gottvaters und des Erzengels Gabriel durchkreuzt, indem er als erster die Jungfrau Maria verführt, so daß Maria »an einem und demselben Tag / Vom Bösen, vom Erzengel und ihm, Gott selbst« beglückt wird. Die »Gavriiliada« markiert den Beginn von Puškins Beschäftigung mit Teufeln und Dämonen.

Von 1821 bis 1827 werden Fragmente und Entwürfe in den Notizbüchern begleitet von Teufelsdarstellungen, Handzeichnungen Puškins, die unterstreichen, wie lange ihn die ›diableries‹ beschäftigt haben. Der »Verliebte Teufel« erscheint noch August 1826 in dem von Puškin selbst angelegten Verzeichnis geschriebener und geplanter Werke.

Als Titel ist der »Verliebte Teufel« dem seinerzeit überaus populären Roman von J. Cazotte, »Le diable amoureux« von 1772, entlehnt, der 1794 in russischer Übersetzung erschienen war; sowohl die Übersetzung als auch eine dreibändige französische Cazotte-Ausgabe befanden sich in Puškins Bibliothek.

Ein zweiter Entwurf, die »Skizzen zu Faust«, steht in Zusammenhang mit Friedrich Klingers berühmtem Roman »Fausts Leben, Thaten und Höllenfahrt«, der, 1791 in St. Petersburg erschienen, Puškin in der französischen Übersetzung von 1802 bekannt war.

Als dritte, Puškin mit Sicherheit bekannte Quelle analysiert I. P. Smirnov, einem Hinweis von Aleksej Remizov aus dem Jahre 1951 folgend, Puškins Erzählung von der Basilius-Insel mit der »Geschichte von Savva Grudcyn«, einem epischen Gedicht des XVIII. Jahrhunderts vom Knecht Gottes Savva, der das väterliche Vermögen verjubelt, in schlechte Gesellschaft gerät, dort dem Unreinen begegnet und von ihm zugrunde gerichtet wird wie Pavel durch Varfolomej.

Von besonderer Bedeutung ist ein weiteres Puškin-Fragment, das ebenfalls aus den Jahren 1821 / 1822 stammt: »Gehenna feiert«, ein Gedichtanfang mit der Beschreibung der Hölle, der von Puškin zur neueren russischen Literatur führt, genauer: zum russischen Futurismus, der ja bekanntlich Puškin, wie viele andere auch, »vom Dampfer der Gegenwart stoßen« wollte, ihn jedoch nichtsdestotrotz genau gekannt – und geschätzt hat. Dieses Fragment, das lange Vermutungen nährte, Puškin habe sich auch mit dem Plan einer »Höllen-Ballade« getragen, wurde der literarisch interessierten Öffentlichkeit erstmals 1908 zugänglich in Band 2 der Puškin-Ausgabe des Verlages Brockhaus/Efron und ist, mit an Sicherheit grenzender Wahrscheinlichkeit, der literarische Vorwurf für das »Höllenspiel« von A. Kručënych und Velimir Chlebnikov. Die beiden futuristischen Dichter haben einen von Puškin vorgegebenen Entwurf aufgegriffen, um ihn mit ihren Mitteln, doch streng im Stile Puškins zu Ende zu führen, durch-zu-*spielen*. Rhythmus, Metrik und Reimschema des »Höllenspiels« sind dem Puškin-Fragment aufs genaueste nachgeformt, bis hinein in die stilistische Technik der Reihung von Relativsätzen, ein Kunstgriff, den Chlebnikov auch in seinem früheren Prosagedicht »Tiergarten« benützt hat.

Das futuristische »Höllenspiel« geht selbstverständlich weit über Puškins Entwurf hinaus, wobei man sich allerdings auch des Charakters der Puškinschen »Höllenballade« nicht sicher war: sollte es ernste philosophische Dichtung oder sollte es eher satirisch-leichte causerie sein, ein »Höllen-*Spiel*«? Das Motiv des Kartenspiels in der Hölle ist in der russischen Literatur selten, es erscheint, wie so vieles andere, erstmals bei Puškin, zum Beispiel im »Einsamen Haus auf der Basilius-Insel«, in den »Skizzen zum Faust« – auch dort wird gespielt, »nicht um des Geldes willen, / Nur um die Ewigkeit herumzubringen«; kartenspielende Teufel gibt es, später, bei Gogol (in der Erzählung »Der verlorene Brief«). Was in dem »entlegnen Eck« des »Gehenna«-Fragments vor sich geht, wissen wir nicht. Das »Höllenspiel« von Kručënych und Chlebnikov bringt die groteske Umkehrung: hier wird der Keller, in dem tage- und nächtelang Karten gespielt werden, zur Metapher der Hölle, die Spiel-Hölle wird zu Satans Unterwelt.

Selbst das Motiv des Kartenspiels ist den Futuristen mit der Puškin-Ausgabe von 1908 frei Haus geliefert worden: der Herausgeber A. S. Vengerov setzte auf dieselbe Seite wie das »Gehenna«-Fragment (das in Puškins Notizheft auf einer Seite für sich steht) noch vier weitere Verse, die anderen Zusammenhängen entstammten, aber zu dem redaktionellen Titel »Aus der Hölle« und zur Hypothese von der »Höllen-Ballade« zu passen schienen. Diese Verse lauten:

Und was ist Trumpf? – Coeur. – Ich spiel aus.
– Wer da? – Ich grüß Euch, meine Herrn.
Das also ist der Erdenkinder Bann –
Heut abend ist bei Satan Ball

»Macht dem Teuffel nicht die Thür auf – er kommt ohnehin«, sagt ein deutsches Sprichwort. Puškin, der Teufel und die Futuristen – wie Anton Cechov gesagt hätte: »diese Pointe zum Nachtisch.«

Peter Urban

3. verbesserte Auflage. 2003.
Gesetzt in der Borgis Janson Antiqua.
Den Satz und Druck besorgte die Druckerei Gerike, Berlin.
Printed in Germany. ISBN 3 921592 37 2